MW00887868

TO:

FROM:

BECAUSE:

DOES YOUR MOM OFTEN **SNAP** AT ALL THAT YOU DO?

DOES SHE **SNAP** WHEN YOU'RE PLAYING?

MINE DOES TOO!

NO SCHOOL! NO SCHOOL!
THERE'S TOO MUCH SNOW
OFF TO THE SLEDDING HILL I GO

I MOVE SO **FAST**
IT FEELS LIKE **FLYING**

AND THEN MY MOM
SNAPS

WE HAVE A NEW PUPPY
HIS NAME IS JAWS

I KNOW HE'LL GROW BIGGER
JUST LOOK AT HIS PAWS

WE WRESTLE AND RUN
AND HAVE LOTS OF FUN

AND THEN MY MOM
SNAPS

IT'S A GREAT DAY TO FLY A KITE
OR RACE DOWNHILL UPON MY BIKE

NO EXTRA WHEELS TO SLOW ME DOWN
I ALMOST HAVE IT OFF THE GROUND

AND THEN MY MOM
SNAPS

I SWIM IN THE LAKE
OR OUR BACKYARD POOL

ON HOT SUMMER DAYS
IT HELPS ME STAY COOL
I JUMP! I FLIP! I SPLASH! I DIVE!

AND THEN MY MOM

SNAPS

PARADES AND FIREWORKS! IT'S THE 4TH OF JULY!

IT TAKES LOTS OF SPARKLERS TO LIGHT UP THE SKY

I LOVE TO TWIRL AND SPIN THEM AROUND

AND THEN MY MOM

SNAPS

IT'S GRANDMA'S BIRTHDAY AND TIME TO BAKE

A YUMMY, SPECIAL CHOCOLATE CAKE
I MEASURE AND POUR
THEN STIR AND TASTE

AND THEN MY MOM

SNAPS

I RUN AND HIDE
I JUST WANT TO PLAY

"PLEASE, MOM", I SAY,
"NO PICTURES TODAY"

THROUGH MY FINGERS
I TAKE A QUICK PEEK

AND THEN MY MOM
SNAPS

THEY'RE RED, GOLD, AND YELLOW
AND **FALL** FROM THE **TREES**

WHAT SHOULD I DO
WITH ALL THESE **LEAVES?**

I'LL BUILD A **HUGE PILE**
THEN TAKE A **LEAP**

AND THEN MY MOM

SNAPS

HERE'S A PLAYGROUND FULL OF **SWINGS,**
SLIDES, AND OTHER **BOUNCY THINGS**
I SWING SO **HIGH,** I TOUCH THE **SKY**

AND THEN MY MOM
SNAPS

I'VE **PLAYED** SO HARD
I HAVE TO **REST**
I GATHER THE **THINGS**
I **LOVE** THE BEST

I DRIFT TO
SLEEP
WITH **DREAMS**
SO **SWEET**

AND THEN MY MOM

SNAPS

WHILE THE YEARS
GO BY SO FAST

WE WANT TO MAKE
THE MEMORIES LAST

MOM **SNAPS** TO
CAPTURE ALL THE **FUN**

AND SHARES OUR **STORIES**
WITH **EVERYONE**

22241174R00016

Made in the USA
Charleston, SC
15 September 2013